걷는사람 희곡선 5

밑 | 문승배

작가의 말

빛을 발하길 원했다.
속이 뜨거워서 터질 것 같은 공포가 다가오는데,
이것을 견뎌 내면 반짝반짝 빛이 나서
숨어 있던 어두운 곳들이 보이지 않을까.
잊힌 서랍 속에 있는 것들을 모두 꺼내어
조각조각 내어 뿌렸다.
슬픔이 환희가 절망이 욕망이 분노가 질투가 떨림이
각자의 공간에서 여전히 숨죽이고 있었다.

여전히 여기 있었어.
살아서.
내 이름은.
많이 아팠지?
미워하느라 사랑하지 못했어.

그것을 그대로 마주할 수 있다면

어루만질 수 있다면

얼마나 반가울까.

기억과 기억이 만나서

깔깔대고 엉엉 대신 울고 감싸안는다.

마음껏 취하고 소리 지르고 춤을 추고 달린다.

그러지 말라고 했거든.

그러면 안 된다고.

그래서 안 된다고.

그래서

썼다.

2025년 겨울에

문승배

등장인물

남자　　29세, BJ. 고시원에 거주하며 소통 BJ로 활동. 어린이 프로그램 〈꾸러기〉 출연자 출신. 할 수 있는 건 방송뿐이라는 생각에 지금까지 매달려 있다. 날 알아줄 사람만 있으면 내 삶은 달라질 거라 믿으며 성공에 목말라 있다. 한 방을 노리지만 딱히 좋은 대안이 없다.

김PD　　49세, 20년 전 잘나가던 예능 PD. 후배들에게 밀려 퇴물 신세이다. 아내와 딸을 유학 보내고 기러기 아빠로 살고 있다. 일만 하다 보니 마땅한 취미도 친구도 없다. 좋은 선배인 척하고 있지만 태도가 달라진 주변을 보며 씁쓸하고 화가 난다. 속마음을 터놓을 사람이 없다. 자신의 치부를 드러내는 것을 두려워한다. 외로워하는 모습을 보이고 싶지 않아 일이 끝나면 편의점 음식을 쓸어 가 집에서 나오지 않는다. 여가 시간에는 인터넷 방송 플랫폼 야생TV를 보며 지낸다.

아줌마　　59세, 방송국 청소 노동자. 새벽 다섯 시 출근. 백이십만 원을 받으며 일한다. 회사 지침으로 직원들이 일하는 시간에는 그림자처럼 숨어 지낸다. 마땅한 휴게실이 없어 화장실 한 칸에서 휴식을 취한다. 밥을 먹으면서도 변기 물 내리는 소리를 듣는다. CCTV가 잡히지 않는 곳에 자신만의 공간을 만든다.

| 19
(번으로 불리는 여자) | 19세, 디지털 성범죄 피해자. 헤어진 전 남자 친구가 불법 촬영물을 유포했다. 영상을 본 누군가가 자신을 알아볼지도 모른다는 생각에 학교도 그만두고 집에만 있다. 매일 자신의 영상을 지우기 위해 검색한다. 왜 자신이 피해를 받아야 하는지 이해할 수 없다. |

앵커

대배우

친구1

친구2

간부

후배

보도국PD

스태프1

스태프2

막내

디지털 장의사

범죄자

그 외

1막 각자의 섬

1장 감자탕 후식은 파 맛 첵스

남자 아껴야 잘산다! 라면 세 번 나눠 먹기! 형님들
아까 면 덜어 먹고 남긴 국물에 밥을 볶아 왔
어요. 이게 감자탕 면이라 감자탕 볶음밥 맛
이 나! 깍두기도 썰어서 같이 볶았지 뭐야! 여
기가 이바돔이다! 이게 나라다!

나가죽어라 님이 별풍선 50개를 선물했습니다.
〈파도 넣어야지 파 맛 첵스 버무리면 인정〉

엿같네 님이 별풍선 100개를 선물했습니다.
〈간이 심심해 보이는데 까나리 한 국자에 1두산씩 100두
산 고고고〉

남자 형님들 입맛 알고 제가 모셔 왔죠. 먹방 시작
하기 전에 추천, 즐찾 부탁드려요.

똑똑똑. 옆방 사람, 남자의 방을 두드린다.

옆방　　저기요. 계세요?

남자, 불을 끈다.
똑똑똑– 소리

남자, 라이터를 켠다.

남자　　(속삭이며) 형님들 잠시 촛불 의식 시간 가지
　　　　도록 하겠습니다. 단백질 천사 메구리 님 감
　　　　사합니다. 라면을 세 봉지씩 처먹어도 눈감
　　　　아 주시는 총무님 사랑합니다. 떡상해서 사
　　　　골탕면에 스지 넣어서 끓여 드릴게요. 그때
　　　　소주 한잔….

쾅. 옆방 사람, 남자의 방을 세게 친다.

옆방　　어떤 도둑놈의 새끼가 내 첵스를 훔쳐 갔을
　　　　까? 내가 진짜 참으려고 했거든? 근데 이번
　　　　엔, 일곱 군데 돌아서 구해 온 파 맛 첵스는
　　　　정말 용서가 안 돼. CCTV 확인해서 내가 너
　　　　나올 때 꼭 짐 싸서 나오게 한다.

라이터 꺼지고 남자 멍하니 앉아 있다.

장발장 님이 별풍선 13개를 선물했습니다.
〈옛다 천삼백 원 출소할 때 부침 두부 사 먹어라〉

2장 여자 화장실 그리고 나의 휴게실

아줌마, 화장실 마지막 칸에서 김밥을 먹고 있다.
꾸르륵 푹푹 똥을 싸는 소리에 잠시 주춤하지만 이내 소
리를 죽이며 식사를 이어 나간다. 물 내리는 소리가 들리
고 사람이 나가자 마침내 조용해진다.
아줌마, 식사를 마치고 커피포트로 물을 끓여 맥심 모카
골드를 탄다.
화장실에 클래식 음악이 흐르면 눈을 감고 그 멜로디를
따라 부른다.

앵커   내가 오늘 너 가만 안 둔다고 했지?
대배우   더 해 줘. 자기는 욕할 때 섹시해.

아줌마, 놀라 빗자루를 들고 잔뜩 긴장한 상태로 일어
난다.

앵커   말대꾸하지 마. 내가 오늘 너 죽여 버릴 테

니까.

대배우   목 졸라 줘. 오늘 목 폴라 입고 방송할 거야.

앵커   이렇게 구는 거 세상 사람들이 알면 까무러칠 텐데.

대배우   내 비밀을 자기한테만 보여 줄 거야. 마음껏 나를 죽이고 다시 살려 줘.

앵커   그래 나만이 너를 죽일 수도 살릴 수도 있어.

대배우   아, 자기야 숨을 못 쉬겠어. 너무 세. 잠깐만. 살려 주세요.

그냥 나갈까, 도와주어야 하나 고민하던 아줌마는 문을 연다.

대배우   뭐야, 아줌마?

앵커, 옷 주섬주섬 입으며 얼굴을 가리고 재빠르게 나간다.

대배우   오빠 어디 가! 아니 뭐냐고 아줌마. 왜 말을 못 해?

아줌마   괜찮아요?

대배우   아니 아줌마 때문에 안 괜찮아.

대배우의 목이 새빨갛다.

아줌마　　(손수건을 건네며) 목에 이거라도 감고 가요.

대배우　　더러운 걸 어디가 갖다 대.

대배우, 아줌마의 뺨을 때린다.

대배우　　똥 치우는 게 직업이면 똥이나 치울 것이지.
　　　　　　착한 척은. 분수에 맞게 살아. 그림자는 빛이
　　　　　　있을 때는 사라져야지.

대배우, 지갑에 있는 오만 원 열 장을 꺼내 바닥에 뿌리고
나간다.

아줌마, 잠시 멍하니 있다가 뿌려진 지폐와 찢어진 스타
킹과 엎어진 휴지통으로 어지러워진 화장실 칸을 정리
한다.

바닥에 떨어진 손수건을 집어 바라본다.

3장 아빠는 청춘

김PD, 딸과 페이스 타임 중이다.

김PD 새로운 프로그램 들어가. 아이돌 누구? 아… 아빠가 물어봤지. 걔네들은 해외 투어 때문에 안 된다고 너무 아쉬워하던데? 졸업 파티를 줌으로 해? 그럼 집에서 안전하게… 웅? 우리 예쁜 딸 기죽으면 안 되지, 화면에서도 제일 빛나야지. 아빠가 용돈 더 보내 줄 테니까, 뭐? 얼마? 그럼… 당연히 보내 줘야지. 드레스 입으면 아빠한테도 사진 찍어서 보내 주고. 그래 사랑해 우리 딸.

페이스 타임 종료음.
김PD 잠시 멍하니 있다가 야생TV를 튼다.

BJ 어머 얘들아 쉿! 우리 영웅본색 오빠 오셨어!

다 같이 인사 박자!

채팅 창에 〈큰손 두두등장〉, 〈형님 오셨습니까〉, 〈존버는
성공한다〉
채팅 난무한다.

김PD, 별풍선을 만 개 쏜다.
영웅본색 님이 별풍선 10,000개를 선물했습니다.

BJ   어머 영웅본색 오빠. 만 개 고마워요. 쪽쪽쪽.
         오빠 리액션 뭐 해 줄까? 얘들아 시끄러워. 오
         빠 말씀하실 때까지 닥치고 있어. 오빠 잠깐
         19금 걸고 갈게요.

김PD, 편의점 도시락을 열어서 무미건조하게 먹는다.
"영웅본색 오빠 좋아?" 소리가 울린다.

4장 나를 지워 줘

디지털 장의사의 사무실.
컴퓨터 한 대와 담배꽁초가 가득 쌓여 있다.

디지털 장의사	일 년 패키지 천만 원, 삼 개월 오백만 원, 한 달 삼백만 원. 이게 보통 정성이 들어가는 게 아니에요. 하루 종일 보고 있으면 살색이든 신음 소리든 껍데기로 보여 아무 감흥이 없어. (싸늘한 19의 반응을 보고) 그만큼 열심히 하루 종일 잡으러 다닌다는 이야기지. 게다가 나는 안전하다 이거야.
19	안 되겠네요. 가 볼게요.

19, 일어나 나가려 한다.

디지털 장의사	잠깐, 얼마까지 생각하고 온 거야?

19	십만 원.
디지털 장의사	십만 원…? 십만 원이면 하루 체험이야. 오늘 하루는 마음 편히 잘 수 있지. 그런데 내일은 다시 개미처럼 슬금슬금 올라오겠지.
19	….
디지털 장의사	이거 정말 심각한 문제야. 아직 부모님이 안 보셨구나? 그러니까 이렇게 간절하지 않지. 순식간에 퍼진다고. 대한민국 남자의 99.9퍼센트는 포르노를 본다고 통계에 나와 있어. 0.1퍼센트는 갓 태어난 신생아들? 최악의 경우 네 아빠도 네 영상을 볼 수 있다 이 말이지. 혹시 학생이야?
19	네.
디지털 장의사	그럼 내가 또 어려운 친구들을 위해 특별히 학생 혜택을 줄 수 있지. 하루에 만 원씩. 내지 못하게 되면? 그럼 또 방법이 있지. 여기서 생활하면서 일을 배우는 거야. 지워지는 거 눈으로 보면 훨씬 안심이 되지 않겠어? 다 지우고 새롭게 다시 태어나는 거야. 여기 뒤쪽에 쉴 수 있는 공간도 있고 뜨거운 물도 잘 나와. 그냥 오빠라고 생각하고 안전하고 편하게 지내는 거지. 중요한 걸 빼먹었네. 이게 이래 보여도 아주 유망 직종이야. 제발 지워 달라고 사정사정하고 울어도 나 혼자서는

일이 많아서 감당이 안 되니까 돌려보내야 해요. 왜 그렇게 후회할 짓을 하는지 모르겠어. 한 번도 이런 적 없었는데 너에게만 특별히 기회를 주는 거야. 어때?

19 너 내가 우습니?

디지털 장의사 아니. 무슨 소리야? 나는 순수한 마음으로 가여운 어린 친구를 도와주고자.

19 역겨워. 네가 뭔데 기회를 줘? 신이야?

19, 컴퓨터를 쳐서 떨어뜨린다.

19 내가 뭘 잘못했는데?

5장 내가 돈이 없지 가오가 없나

포장마차.
남자의 두 친구가 모였다.
친구2 잠들었고, 친구1은 남자에게 열변 중이다.

친구1　　니 방송은 재미가 없어. 왜 그런지 알아? 공
　　　　　　감이 하나도 안 돼. 요즘 세상에 누가 밥을
　　　　　　못 먹고 살아. 나가면 할 일이 얼마나 많아?
　　　　　　그 하늘색 오토바이 촌스러운 거 뭐냐. 그거
　　　　　　타고 배달만 해도 삼시 세끼는 먹겠다. 이 새
　　　　　　끼야.

남자　　　내가 방송국에 입성하잖아? 바로 진수성찬
　　　　　　을 차려 줄 거야. 선배님 이제야 오셨습니
　　　　　　까? 기다렸잖아요. 꾸러기 크로스! 크라이
　　　　　　크라이.

친구1　　꾸러기 같은 소리 하고 있네. 조연출 누나한
　　　　　　테 집적대다가 쫓겨난 주제에.

남자	시끄럽고 돈 좀 빌려줄 수 있냐?
친구2	(자다 깨서) 내가 뭘 했다고 시끄럽대! 내가 가만히 있으니까 가마니로 보이지?
남자	초기 투자금 백만 원 있으면 나 떡상한다.
친구1	뭔데? 뭘 또 하게?
남자	너 떡 좋아하지? 근데 마음껏 살 수가 없지. 턱없이 비싸니까. 그런 남자들의 마음을 대변한다 이거야. 성인 남성의 꿈과 욕망의 나라로 오세요. 골목 구석구석에 숨겨진 떡집을 뚫어 봅니다. 골목 떡집!
친구1	너 그 꼴로 들어가지도 못할걸? 딱 봐도 찌질해 보여서.
남자	백만 원으로 나에게 투자를 하는 거지. 킹스맨처럼 간지나게.
친구1	떡값은?
남자	내가 가진 게 뭐야. 찬란한 젊음. 몸뚱어리. 어떤 고난에도 뒤지지 않는 잡초 정신. 썹고 뜯고 맛보고 즐기고 촬영해서 클라이맥스에서 튀는 거야. 어때, 스릴 있겠지. 뭐 그쪽도 불법이니까 신고 불가. 영상이 있으니까 상대방도 신고 불가.
친구1	진짜 미친놈이네 이거. 밥을 못 먹더니 콩밥 먹고 싶어?

친구2, 핸드폰이 울린다.

친구1   야 니 마누라한테 전화 왔어.

친구2   뭐? 야 조용히 있어 봐. (주위 사람들에게 부탁한다) 잠깐만 조용히 해 주세요. 저 한 번만 살려 주세요. 부탁드립니다. (크게 숨을 쉬고 두 손을 모아 공손히 전화를 받는다) 사랑하는 자기야. 제가 지금 당장 들어가고 싶은데 어쩌겠어요. 이게 다 우리 사랑하는 가족들을 위한 비즈니스인 걸요. 이 고객만 잡으면 있잖아? 기저귓값은 앞으로 걱정 안 해도 된다니까? 아이고 사장님 오셨어요. 자기야 미안해 잠깐만.

친구2, 전화를 끊는다.

친구1   눈물 난다. 그렇게까지 해서 술을 처마시고 싶냐?

친구2   집에 가면 있잖아? 너무 외로워. 누가 날 위로해 주니? 분리수거하는 척 나가서 맥주 원샷 하는 게 유일한 낙이야.

친구1   이 새끼 안 한 지 일 년이 넘었대. 아주 그냥 공중 부양도 하겠어?

친구2   마누라는 내가 건들면 있잖아? 애기 보느라

피곤해 죽겠는데 그게 생각이 나냐 하는 표
정으로 쳐다봐. 부부가 사랑하는 게 죄야?
내가 수도승이야? 심영이야? 내가 고자라니.
그냥 중성화 수술할까? (아래를 바라보며)
너는 왜 달려 가지고 날 이렇게 힘들게 하니?

친구1   쯧쯧쯧. 군인이 너보다는 많이 하겠다.

남자   이런 남자들의 마음을 사로잡겠다 이거야.
언제 어디서나 간편하게 나를 위로해 줄 떡
집이 내 손안에! 아주 아이템이 무궁무진해.
나중에 책도 출판할 거야. 대동여떡집. 너 돈
좀 있냐?

6장 너의 이름은

노조에서 보낸 화환 하나 덩그러니 놓여 있는 조용한 장례식장.

아줌마, 영정 사진을 오랫동안 바라본다.

아줌마 어쩐지 버스 탈 때 편하더라고. 난 엉덩이가 커서 두 개 걸쳐서 앉아야 해. 그렇게 내 옆에 굳이 끼어 앉아 타는 년 없어서 앓던 이 빠진 것처럼 시원하다! 배드민턴 지고 맨날 연습한다더니 언제 덤비러 올 거야? 그냥 시원하게 졌다고 인정해 이년아! 넌 죽어도 날 못 따라잡아. 이 엉덩이부터 배드민턴까지. 이제는 내가 네년 실력 확인할 방법이 없으니, 이 언니가 크게 마음 써서 누가 물어보면 비할 만했다 해 줄게. 쌤쌤. 거기서 연습 좀 하고 있어 봐. 다음엔 좀 봐줄게.

아줌마, 하얀 배드민턴 공을 쌓여 있는 국화 옆에 둔다.

아줌마   왜 버스를 안 타나 했더니 여기 있었네? 뭐가
급해서 그렇게 빨리 가? 나 말동무나 좀 더
해 주다 가지, 난 이제 누구랑 밥 먹냐? 정말
치사하다. 치사해. 네 이름이 김말숙… 너무
촌스럽다 이년아. 처음 불러 보네. 말숙아, 말
숙아– 나도 죽고 싶다 말숙아.

대규모 인원이 몰려드는 소리가 들린다.
아줌마, 갑자기 숨는다.
숨죽이고 있다가 자신이 왜 숨는지 모르겠다는 표정을
짓는다.
아줌마, 몰려오는 사람들을 보다가 밖으로 나간다.

7장 백 투 더 낭만

새로운 프로그램 선정을 위한 프레젠테이션장.
프레젠테이션하는 김PD. 간부와 후배 듣고 있다.

김PD   이 프로그램의 주제는 "돌아와 낭만아"예요.
요즘 모든 것들이 개인화되어 있어요. 집에
서 엄마가 밥을 차려 줘도 아이는 고맙다는
말 한마디도 없이 유튜브를 보면서 밥을 먹
어요. 선물을 할 때도 예전에는 뭘 좋아하는
지 알아내려고 몇 날 며칠을 고민하던 특별
한 순간들이 이제는 아이스아메리카노 기프
티콘 툭. 생일 축하해 메시지 툭. 그 이미지 쪼
가리를 받아서 기뻐요? 그게 어떤 의미가 있
어요? 그저 껍데기만 남아 있는, 낭만이라는
게 실종되어 버린 시대에 살고 있는 거죠.

간부   난 딸한테 이모티콘을 선물 받았는데 그걸
쓰니까 사람들이 아주 좋아하더라고. (이모

	티콘 행동을 따라하며 볼을 손가락으로 찌른다) 그렇게 귀엽다고.
후배	아, 귀여워! 보고 저도 너무 탐나서 바로 샀다니까요. 그렇죠. 말로는 표현할 수 없지만 전하고 싶은 그 미묘한 마음을 (이모티콘 행동을 따라하며 머리 위로 손을 올려 귀를 만들어 흔든다) 사랑스러운 캐릭터가 귀엽게 대신 전하고 있어요. 새로운 소통! 이건 새로 나온 건데 어때요? 마음에 드시면 제가 바로 쏠게요.
김PD	아이와의 소통도 중요하죠. 예전에 어렸을 때 아버지랑 같이 여행하던 시절 기억나세요? 또래 친구들이랑 튜브 타고 실컷 물놀이 하다 배고파서 올라오면 삼겹살 구워 주시고 나무 그늘 아래서 한 숨 자고 일어나면 어른들 술 거나하게 드셔서 어머니 아버지 블루스 추시고 우리는 신나서 개다리춤 추고 잘한다고 용돈 받고.
간부	나도 아이돌 춤 배우려고 요즘 학원 다녀. 딸이 유튜브 시작했는데 아빠랑 같이 춤을 춰야 조회 수가 올라간다나 뭐라나. 하하하.

간부, 흥얼거리며 춤을 춘다.
후배, 더 격정적으로 춤을 춘다.

후배	너무 멋있어요. 저도 이런 남자를 만나야 할 텐데. 이미 놓쳤으니- 부럽다 사모님. 따님 유튜브 채널 이름이 뭐예요? 바로 구독할게요!
김PD	우리가 잊고 있었던 그 냄새. 그 향기를 찾아가는 거예요. 차라리 애초부터 없었으면 좋았을 차가운 현대의 산물이 없는 곳으로. 사람 냄새가 나는 곳으로. 무엇도 경험해 본 적 없는 친구들을 캐스팅해서 우리가 느꼈던 그 소박한 행복을 발견하게 하고 그 원초적인 낭만을 시청자에게 전하는 거죠.
간부	예산을 얼마로 계획하고 있지?
김PD	장기적인 프로젝트예요. 제2의 〈로빈슨 크루소〉를 만들 거예요. 십 년 이상 출연자와 시청자가 함께 추억을 쌓아 가는 프로그램. 초반 세팅하는 데는 한-.
간부	(말을 자르며) 최근에 김PD가 했던 작품이 뭐가 있더라?
후배	(소근소근 작게 말한다) 거의 일찍 내렸죠. 시청률이 똥망이라.
간부	시대를 따라가야지. 이번 파일럿 편성은 좀 애매하고 유튜브로 시작해 보는 거 어때?
후배	구독과 좋아요 눌러 드릴게요.
간부	그럼 난 알림 설정까지. 이번엔 이PD 이야기

들어 볼까?

후배 아이 참 부끄러운데. 제 프로그램 이름은 〈불타는 트로트〉라고 힙합과 트로트를 접목시켰어요. 트로트 부르다가 못하면 여지없이 불구덩이로 떨어뜨리는 거죠. 제 사촌 동생이 힙합을 하는 데 오 년이 걸렸다는데 이 이야기를 살짝 들려줬더니 요즘 트로트 레슨 받는대요.

간부 어느 새부터 힙합은 안 멋져.

후배 좋아 좋아 좋아 좋아 아싸.

간부와 후배의 춤과 노래가 격해진다.
김PD의 표정 점점 어두워진다.

8장 각자의 섬

19

19, 컴퓨터로 계속 자신의 기록을 지우고 있다.
DM 알람이 계속 울린다.

DM　　　하루 얼마?

DM　　　스폰 월 오백 가능?

DM　　　힘내세요! 도움이 필요하면 위로해 드릴게
　　　　　요. 010-6390-1XXX.

19, 머리를 움켜쥔다.

DM　　　팬이에요. 어제 영상 보고 세 번 했어요.

DM　　　나 어제 너 봤다. 곧 만나자.

DM　　　왜 안 죽어? 유작 되면 떡상.

19, 고개 숙인다.

울음을 참지 못해 어깨가 들썩거린다.

똑똑똑. 문을 두드리는 소리 들린다.

19, 깜짝 놀라 고개를 든다.

남자

룸살롱.

양복을 입은 남자. 방송 중이다.

남자 형님들이 고대하고 고대하던 그 프로젝트 골목 떡집 시작합니다. 백만 원 풀코스로 시켰구요. 술은 진짜 고전 틀딱 스카치 블루. 와! 추억. 아빠 거 몰래 한 잔씩 마시다가 다 털어서 나도 털린 술. 아가씨 들어오기 전에 한잔 갑니다.

남자, 온더록스 잔에 술을 가득 담아 마신다.

남자 캬 고생했다 자식아! 성공했다 임마! 내 돈이 아니라 여러분 돈으로 술을 마셔요. 사랑합니다 나의 새 아빠. 하나님. 창조주여. 이 술은 나의 피요, 여러분의 별풍선은 나의 단백질이니! 형님들 내가 다섯 바퀴 돌려 가며 심

사숙고해서 초이스 했거든? 기대하셔도 좋아요.

딸바보 님이 별풍선 1,000개를 선물했습니다.
〈나대는 모습 뿌듯하다. 승전보 올려라.〉

남자 딸바보 형님 감사합니다! 승전보 올리겠습니다! 승리를 기원하며 영차 올리겠습니다. 영차!

19

19의 손에 칼이 들려 있다.
칼에서 피가 뚝뚝 흐르고 앞에 있는 범죄자 이윽고 쓰러진다.
19, 화장대 앞에 앉는다.

19 푸른 물을 바라보면 그 안으로 휩쓸려 들어갈 것 같아. 소금쟁이만큼의 무게를 가졌다면 좋았을 텐데. 왜 이리 무겁게 태어나 살려달라고 발버둥을 치나. 내 안에 단 것이 들었나? 왜 자꾸 개미들이 올라오지? 아무리 몸부림쳐도 사라지질 않아.
밑으로, 밑으로- 더 밑으로 빠질 뿐이야.

19, 피 묻은 칼을 바라본다.

칼에 묻은 피를 닦아 낸다.

19   넌 좋겠다. 잠깐만 참아. 금방 깨끗하게 사라
            질 거야. 내게는 무엇이 묻었는지 아무리 씻
            어도 지워지지를 않아. 영원히 잠들어도 끊
            임없이 파헤칠 거야. 나는 잠들 수 없어. 깨어
            있을 수도 없어. 밑에서 나와야 해. 나 여기
            있잖아! (모니터를 보며) 저기가 아니라!

김PD

포장마차.

김PD, 홀로 앉아 술을 마신다.

김PD   낭만이 사라진 세상이야. 멋이 없어. 이런 멋
            대가리 없는 새끼들. 근데 이건 맛도 없어. 아
            줌마 요리 어떻게 하는 거야? 못하는 법을 어
            디 가서 배워 오나? 이거 치우고 그냥 라면이
            나 하나 끓여 줘요. 떡라면. 올 때 소주 한 병
            도. 나 능력 있어. 여기 있는 거 처음부터 끝
            까지 다 사 먹을 수 있어. 근데 오늘은 떡라
            면이야. (주변 사람들에게) 다들 떡 좋아해?

나도 좋아해. 그래서 내가 시켰어. 떡은 돈을 주고 살 수 있다 이거야. 이거 나눠 줄 수도 없고 미안합니다. 사랑 그거 다 개좆같은 소리야. 그게 존재한다면 내 손에 장을 지져서 먹여 줄게. 궁금해? 그럼 따로 만나.

손님 아저씨 조용히 좀 합시다.

김PD 아, 찔리신 두 분께 죄송합니다.

손님 (김PD의 멱살을 잡으며) 이 미친 새끼가 뒤지고 싶냐?

김PD 뒤지고 싶다 정말. 제발 나 좀 죽여 주라.

아줌마

방송국의 사용하지 않는 세트장.
아줌마, 꽃무늬 원피스를 입고 머리에 리본을 했다.
흡사 나들이 가는 차림새다.
CCTV를 벽 쪽으로 돌린다.
클래식 FM을 튼다.
동료의 사진 옆에 꽃을 한 다발 놓는다.
한 송이는 자신의 머리에 꽂는다.
와인 잔에 와인을 따른다.

라디오DJ 도로시 님의 사연이 왔네요. 햇살이 아름다워서 친구와 오랜 시간 소원했던 나들이를 나왔어요. 무엇이 그리 즐거웠는지 낙엽만 굴러다녀도 깔깔거리던 시절로 돌아왔어요. 친구도 얼마나 좋은지 웃음을 멈추지 않네요. 도로시 님 부럽습니다. 그 시절을 함께 이야기할 수 있는 친구가 있다면 우리는 영원히 그때 그 소녀로 돌아갈 수 있는 것 같아요. 귀여운 소녀 두 분의 오늘 나들이를 축하하며 조회 시간이 끝나면 들었던 그 노래. 〈라데츠키 행진곡〉 보내 드립니다.

아줌마, 동료의 사진을 들고 음악에 맞추어 춤을 춘다.
김PD, 손님에게 얻어맞고 쓰러진다.
남자, 취해 쓰러져 있다. 덩치 큰 남자들에게 끌려 나간다.
19, 스팽글 토끼 가면을 쓴 채 캐리어를 끌고 밖으로 나간다.

2막 파리지옥

1장 오늘은 치킨이닭

남자, 철장으로 가두어진 공간에서 방송을 켠다.

남자   안녕하세요. 형님들. 오늘은 색다른 공간에
          서 방송을 켜게 되었는데요. 목표액을 얻지
          못하면 저는 이곳에서 나갈 수가 없어요. 굉
          장히 촘촘하게 설계해서 형님들이 놀랄 수도
          있어요. 여기 이렇게 철망이 설치되어 있네
          요. 디테일이 아주 기가 막히죠. 아니 이 친구
          들 진짜 일 열심히 하네. 방송에 집중하라고
          요강까지.

변기 님이 별풍선 1개를 선물했습니다.
〈보증금X 월 15 각〉

켄터키후라이닭 님이 별풍선 39개를 선물했습니다.
〈오늘은 닭장 콘셉트? 알 품어서 부화시키면 충전한 거

다 쏜다.〉

어깨가 넓은 사내 등장한다.

어깨　　　제가 그 일 잘하는 친구입니다. 오늘은 요리
　　　　　를 준비해 보았어요. 간장과 마늘을 넣고 잔
　　　　　뜩 삶아 살이 부드럽게 뜯기는 장조림이
　　　　　좋을지, 선홍색 빛깔에 참기름 잔뜩 부어 고
　　　　　소한 육회가 좋을지 고민이 됩니다. 십오 분
　　　　　안에 목표 금액 못 갚으면 이 친구는 둘 중
　　　　　하나가 될 거예요. 자 카운트다운 들어갑니
　　　　　다. 시작.

남자　　　살려 주세요. 여기 어딘지 몰라서 신고를-.

켄터키후라이닭 님이 별풍선 5,000개를 선물했습니다.
〈둘 다 내 취향 아님. 바삭바삭 튀긴 후라이드로 털 한 올
없이 벗겨서.〉

유인원 님이 별풍선 10개를 선물했습니다.
〈상체 하체 반반 상반 하반 어때요?〉

어깨, 남자에게 밀가루를 뿌린다.

남자　　　맥주는 시켰어 형님들? 달걀에 골고루 내 몸

을 굴릴게. 고소하도록. 그 전에 음식값 좀
먼저 보내 줘. 선불이야. 엄마 보고 싶다. 갑
자기 엄마가 만든 카레가 먹고 싶다.

어깨, 남자의 머리 위에 달걀 하나 깨뜨리고 달걀 한 판을
놓고 나간다.
남자가 달걀을 이마에 계속 깨뜨릴 때마다 별풍선 1개씩
터진다.

남자   (달걀을 머리에 깨뜨리며) 위대한개추워 님
1개 감사합니다. (달걀을 머리에 깨뜨리며)
고추잠자리는빨간맛 님 1개 감사합니다. 이
대로는 못 죽어. 오늘 큰 거 쏴 주면 형님들
내가 잊지 않고 은혜 갚을게. 죽이고 싶은 놈
있어? 내가 죽여 줄게. 죽여주는 여자? 내가
구해 올게. 스트레스 받아? 내가 풀릴 때까지
맞을게. 일단 나 좀.

채팅방.
〈그냥 죽어라, 죽어라, 죽는 모습 최초 생방〉
〈거지새끼 목숨 어그로 쩌네〉 댓글들로 도배된다.

어깨, 그라인더 들고 다가온다.
그라인더 소리 점점 커진다.

남자, 화면을 멍하니 바라보다가

남자 됐어. 이제 그만해. (어깨에게) 어떤 맛으로 요리할 거야? 마지막이라도 특별한 것이 되고 싶다. 고추는 너무 많이 넣지 마. 따가운 건 질색이야. (시청자들에게) 너희들도 나누어 먹을래? 그렇게 췌장을 갉아 먹고 귀를 뜯어 먹고 살이 많은 배를 몽둥이로 두드려서 부드럽게 해 줘. 너희들이 잘하는 그 요리 방식으로. 하지만 내 눈은 널 보고 있을 거야. 난 부끄럽지 않아. 적어도 뒤에서 낄낄대는 너보다는 씩씩하게 발악했어. 너희는 맛있는 음식을 먹을 자격이 없어 겁쟁이거든. 그 개미만 한 입으로 또 누구를 뜯으러 갈 거야?

김PD, 쓰러진 채로 핸드폰을 바라보며 중얼거린다.

김PD 내가 산다. 어디야?

2장 엘리베이터 안에서 우린

방송국 엘리베이터.
아줌마, 바닥에 어질러진 달걀과 밀가루를 열심히 닦고
있다.

아줌마　〈최고의 요리〉 녹화하는 날인가? 오늘 요리
　　　　　는 육전? 막걸리에 캬아!

지하 2층에서 문이 열린다.
아줌마, 뒤돌아 숨는다.
김PD와 크라프트 종이봉투를 쓴 남자 엘리베이터 탄다.
김PD와 남자, 손을 꼭 붙잡고 있다.
아줌마, 몰래 신기하게 바라본다.

1층에서 문이 열린다.
19, 스팽글 토끼 가면을 쓰고 캐리어를 끌고 들어온다.
아줌마, 이번에도 숨었다가 이상하게 바라본다.

11층에서 김PD와 남자 내린다.

19의 얼굴에서 땀인지 눈물인지 모를 물이 뚝뚝 흘러내린다.

아줌마, 품속에서 손수건을 꺼낸다.

아줌마　　　저기 괜찮아요? 이렇게 땀 많이 흘리면 감기
　　　　　　　걸리는데.

캐리어에서 신음 소리가 들린다.

19, 캐리어를 들어서 아래로 내려친다.

19　　　　저 괜찮아요. 고맙습니다.

19, 18층에서 캐리어를 끌고 내린다.

아줌마　　　오늘 〈가면노래왕〉 하는 날인가?

아줌마, 멍하니 생각에 잠긴다.

3장 말해 뭐 해

보도국.

19, 숨어서 말을 할 타이밍을 보고 있다.

곧 들어갈 방송 준비에 한창이다.

유독 어린 막내만 뛰어다닌다.

보도국PD   오늘 생방송 중요하다는 거 명심해. 내가 직접 내 발로 잡은 단독 보도야. 이번 기회를 잡아서 다시 위로 올라가자고.

스태프1·2·막내   네!

스태프1   정말 대단하세요. 이런 영광스러운 순간에 제가 함께 있다니.

스태프2   다른 기자들 제치고 딱 인터뷰 기회 잡은 순간. 선배님께 조명이 딱 떨어졌다니까요. 빛이 나요. 눈이 멀 것 같아.

스태프2, 선글라스를 낀다.

보도국PD	오버하지 말고. 대본은 인쇄했지?
막내	여기 있습니다.
보도국PD	아 너는 왜 이렇게 센스가 없니? 선배님 요즘 시력 나빠지셔서 13포인트로 뽑아야 하는 거 몰라?
스태프1	그리고 선배님은 자신의 신념처럼 올곧은 문체부 궁체 정자체로만 보시는 거 몰라?
스태프2	이거 거의 고의적인 방해 아닙니까? 우리 엿 먹으라고?
막내	죄송합니다. 다시 뽑아 오겠습니다.
	19, 숨을 크게 들이쉬고는 용기를 내서 말을 건다.
19	저기 제보할 일이 있는데요.
스태프1	아이 깜짝이야.
스태프2	선배님 벌써 팬이 생기신 거 아닙니까? 종이 있으면 주세요. 사진은 안 돼요.
보도국PD	뭐야 아이돌 지망생이에요? 하여튼 요즘 애들은 뜨고 싶어서 별짓을 다 한다니까.
스태프1	예능국은 4층이에요. 번지수 잘못 찾았어요.
19	제가 사람을 죽였어요.

잠시 정적.

막내, 새로운 대본을 뽑아 오다 발이 걸려 넘어진다.

흩뿌려지는 대본들.

스태프2   저거 봐라 저거. 우리를 엿 먹이려는 게 틀림
　　　　　　없어.

보도국PD   아가씨 그런 말 함부로 하는 게 아니야. 우리
　　　　　　는 공정하고 정확한 진실만 보도해. 뜨고 싶
　　　　　　으면 이런 짓거리 하지 말고 정정당당하게
　　　　　　오디션을 봐. 얼마나 공평한 세상이야. 실력
　　　　　　에 따라 순위가 매겨지는.

스태프1   저는 보도국인데도 드라마PD 소개 좀 시켜
　　　　　　달라고 그렇게 연락이 온다니까요.

스태프2   꼼수를 그렇게 부려요. 우리는 죽어라 공부
　　　　　　해서 올라온 건데 홀딱 날로 먹으려고.

앵커, 등장한다.

보도국PD와 스태프1, 2 종달새처럼 총총 달려간다.

보도국PD   선배님 오셨습니까. 소식 들으셨죠?

앵커   　 짜식 고생했다. 덕분에 내 이름도 실검에 올
　　　　　　랐어. 하하하.

스태프1   역사적인 순간이에요. 제 아들한테도 자랑
　　　　　　할 거예요.

스태프2　선배님의 목소리로 이 이야기를 전할 수 있다니. 아멘. 믿습니다.

스태프1　막내야 선배님 꿀물 좀 타 와라. 65도 정도로 약간 따뜻하게.

19　무슨 이야기인데요?

앵커　누구?

보도국PD　아이돌 지망생인 것 같은데. 막무가내로 들어와서 헛소리를 해요.

스태프2　아 기억난다, 그거. 내 귀에 도청 장치가 들어 있습니다. 여러분.

19　누구인데 그 사람 말은 그렇게 중요하냐고.

스태프1　요즘 핸드폰만 봐도 그 사람 이야기밖에 안 나오는데. 진짜 몰라요? 희대의 성범죄자가 출소를 했어.

스태프2　전 국민이 아주 의적이 됐어. 전기를 끊어 놓질 않나. 죽이고 교도소에 들어가겠다고 하질 않나. 하여튼 그놈의 냄비 근성.

보도국PD　그렇게 온 국민이 듣고 싶어 하던 그놈 목소리를 제가 담아 왔다 이거 아닙니까.

앵커　솔직히 요즘 세상 얼마나 안전해. CCTV 온 군데 달려 있지. 발찌 달려서 알람 울리지. 그냥 콘텐츠가 필요한 거야. 단체로 화를 풀 수 있는 대상이 필요한 거라고. 그들의 오늘 밤 오락은 우리가 책임진다.

스태프1   말도 이렇게 잘하시니까 곧 프리 선언하시고
         예능 하시는 거 아닙니까?

보도국PD 야. 선배님은 대나무 같으신 분이야. 올곧고
         정직한 사실만 전달한다고. 물론 선배님께
         서 가지를 치신다면 나도 그 가지를 타야지,
         코알라처럼.

할 말을 잃은 19.
막내에게 다가가 캐리어를 내민다.

19   여기 들어 있어요. 그 괴물.

앵커, 보도국PD, 스태프1, 2 호들갑 떠는 소리 점점 커
진다.
19, 엘리베이터 탄다.

4장 벌거벗은 임금님

대기실.
앵커와 앵커의 아이.
대배우, 아이를 보며 입가에 웃음이 가득하다.
아줌마, 그림자처럼 존재감 드러내지 않고 청소를 하고
있다.

대배우	넌 누굴 닮아서 이렇게 예쁘니?
아이	우리 엄마. 우리 엄마가 세상에서 제일 예뻐요.
대배우	아빠 닮은 게 아니라? 내가 보기엔 아빠를 똑 닮았는데?
아이	아빠는 바빠요. 촬영 때만 집에 들어와서 친한 척해요.
대배우	어머. 애 좀 봐? 아빠 서운하시게. 아빠가 너 좋은 거 먹이고 좋은 곳에 데려가려고 열심히 일하시는 거야.
앵커	머리에 피가 마르고 나면 알게 되겠지. 복을

타고났다는 걸.

대배우　　그때는 밝힐 거야?

앵커　　그렇게 밝힌다는 건 알고 있는데?

대배우　　어머나. 미쳤나 봐. 애도 있는데.

아이, 아줌마를 가리킨다.

아이　　아빠, 저 아줌마한테 냄새나.

앵커　　그래서 공부를 열심히 해야 해. 냄새나는 곳
　　　　을 피하려면.

대배우　　향기가 있는 곳에는 향기로운 사람만 모여.

아이　　엄마 냄새나는데. 열심히 일해서 나는 거래.

대배우　　그래서 잘 안 들어가는구나. 냄새가 불쾌해서.

앵커　　바람이 빠졌는지 다 쪼그라들었어. 어디에
　　　　구멍이 난 건가.

대배우　　구멍은 하나로 충분하지 않아?

아줌마　　뚫린 구멍이라고 잘도 오물을 뱉어 내네.

대배우　　아줌마 뭐라고 했어요?

아줌마　　대리석 위에서는 노상 방뇨하지 말아요. 노
　　　　랗게 반짝이거든.

아이　　우리 아빠가 대리석 위에 실수했어요?

아줌마　　아니야. 내가 대신 사과하고 싶어서. 미안해.
　　　　그래도 넌 예쁘게 자라났네. 엄마의 땀이 강
　　　　이 되어서 너를 좋은 곳으로 데리고 갈 거야.

대배우	그림자였네. 해가 화창하게 떠 있는데 또 나타났어. 돈이 필요한 거야?
앵커	계속 따라다녀? 하청 업체에 전화해서 잘라 버려야 하는 거 아니야?
아줌마	돌려주러 왔어. 아름다운 공작새에게서 깃털이 빠졌네. 기름을 처발라서 노랗게 변한 깃털. 이제 날아가는 건 포기해야겠는데?
대배우	협박하는 거야?
앵커	알려서 좋을 일 없을 텐데.
대배우	그림자는 계속 어둠 속에 있는 게 어울려.
아줌마	뚫린 구멍에 호스를 연결하면 조금은 깨끗해지려나. 너무 팽팽해서 터져 버릴지도 모르겠다.

아줌마, 아이에게 돈 봉투를 준다.

아줌마	여기 아줌마 전리품이야. 돈으로 차려입고 걸어 다니면 사람들이 열매인 줄 알고 다 따 먹으려 달려들 거야. 결국 벌거벗은 임금님 앞에는 비웃는 사람들이 모여들 거야.
아이	그게 무슨 말이야?
아줌마	친구들이랑 떡볶이 많이 사 먹어. 그건 나중에는 돈으로도 못 사. 아줌마는 이제 그걸 못하거든.

대배우, 아줌마에게 고래고래 소리를 지른다.

아줌마, 대기실을 유유히 빠져나온다.

5장 굿바이 얄리

방송국 옥상.
19, 난간에 걸터앉아 있다.

19   학교 앞에서 보라색 병아리를 샀어. 엄마는
금방 죽을 거래. 너는 엄마의 기대와는 달리
오래 살았어. 보라색 사이로 하얀 깃털이 자
라나고 멋지게 부리도 달렸어. 큰 소리도 내
더라. 꼬끼오! 이제 아파트 사람들은 모두 일
찍 일어날 수 있을 거야. 엄마가 갑자기 만 원
을 주더니 미미의 주방 교실을 사 오래. 그렇
게 사 달라고 떼를 써도 안 사 주더니 우리 엄
마 오늘 무슨 좋은 일이 있었나? 하지만 그
새 난 취향이 바뀌었지. 비비의 발레 교실을
살 거야. 오백 원이 부족한데, 문구점 할머
니가 옜다 기분이다 가져가래. 오늘 무슨 날
인 거야? 너도 있고 비비도 있고, 난 너무 신

이 나서 숨이 차는지도 모르고 뛰어서 돌아왔어. 너는 삼계탕이 되어 있더라? 부리도 사라지고 하얀 깃털도 사라졌어. 꼬끼오! 울던 얼굴도 사라졌어. 하얀 살만 남았어. 껍데기만 남아서 둥둥. 몸에 좋다며 너의 온몸을 찢어 놓을 거야. 아프진 않았어? 누가 하얀 너를 보라색이 되게 했을까. 왜 우리 집 베란다에 팔려 와야 했을까. 칠 층에서 너는 날지도 못하고 걷지도 못하고 발버둥 치다 하얗게 먹혀 버렸네. 우습다. 팔리고 먹히고 최악이네. 나도 박제되어 버렸어. 그때의 너처럼. 더 살다 가지. 나한테 날개 좀 빌려주지. 치사하다. 잘 봐 나는 지금 마지막으로 날 거야. 누가 내 온몸을 찢기 전에.

19, 눈을 감고 몸을 뒤로 젖힌다.
아줌마, 19의 멱살을 끌어 잡는다.

아줌마　　그렇다고 네가 왜?

19　　네?

아줌마　　아니. 그러니까. 밥은 먹었어요?

6장 우리 만남은 우연이 아니야

사무실.
김PD 남자가 쓰고 있던 크라프트 종이봉투를 벗겨
준다.

김PD 살아 봤자 달라질 것도 없는데 왜 그렇게 살
려 달라고 외쳤어?

남자 아직 피어나 보지도 못했으니까.

김PD 피어나도 달라질 건 없어. 품종이 중요해. 내
가 팔리는 꽃인지, 버려지는 꽃인지.

남자 똥구덩이에서 묻혀 있었으니 건강은 해. 팔
리기만 기다렸어.

아줌마 아지트.

19 죽었으면 지금은 괴롭지 않았을 텐데. 왜 날
구했어?

아줌마	꽃처럼 아름다운 모습을 왜 감추고 있어. 상처를 숨기려고?
19	해충을 부르는 꽃이야. 나를 갉아먹고 배가 불러서 뒤뚱뒤뚱 걸어가.
아줌마	파리지옥 기억해? 우리 그 해충들을 잡으러 갈래?

사무실.

김PD	(생수를 꺼내며) 목마르지? 물 하나 남아 있는데.
남자	시원하게 마셔 봤자 오줌이 되겠지.
김PD	네가 대신 오줌 좀 뿌려다오. 시원하게.
남자	불을 끄는 거야? 지르는 건 자신 있는데.

사무실과 아지트 공간 합쳐진다.

19	다 타 버렸으면 좋겠어. 뼛조각까지 다.
김PD	고약한 냄새가 날 거야. 그때 잔치를 벌이자.
아줌마	흔적도 없이 사라지는 건 반대야. 조각조각 내서 무슨 잘못을 했는지 맞춰 보게 해야지.
남자	그 마지막 조각을 내가 맞춰 줄게. 어떤 그림인지는 모르겠지만.
19	그거 알아? 파리지옥도 꽃을 피워. 입 다물고

아무 일도 없었다는 듯. 정숙한 하얀 꽃을.

아줌마   (활짝 웃으며) 그거 멋진데.

7장 벌레 소탕

폐쇄된 청소부 휴게실 앞.
죽은 청소 노동자를 추모하는 글귀가 쓰인 노란색 포스트잇이 벽 가득히 메워져 있다.
남자와 김PD, 글귀를 바라본다.

남자   샛노란 물결이네. 이럴 거면 살아 있을 때나 잘해 주지.

김PD   잠깐 불붙었다가 사그라들 거야. 이런 이야기 듣고 싶어 하지 않거든. 자기 삶도 팍팍해서.

남자   약자는 계속 약자인 건가?

김PD   이미 임금님 밥상을 받고 있는데 그 숟가락을 내려놓겠어?

스태프1과 스태프2, 노란 포스트잇을 배경으로 사진을 찍고 있다.

스태프1	야 카메라 조금만 더 내려 내 손에 포커스.
스태프2	니 얼굴 보이는 순간 민주화. 손에만 포커스.
스태프1	노란색 보니까 그때 생각난다. 폭식 투쟁.
스태프2	치열하게 먹었지. 우리는 순수하게 식욕을 살려 내고자 투쟁.
스태프1	다 먹고 살기 힘든데. 그런 소식들만 계속 보도하니까 얼마나 고통스러워. 자기들만 힘들어? 내 손가락이 더 힘들어.
스태프2	이 아줌마 자연사 아니냐? 쉬라고 펜트하우스라도 지어 줘야 해?
스태프1	못 배워서 그런 거야. 거지 근성 어디 가겠어? 나는 길에서 빌어먹을 자신이 없어요. 입만 벌릴게요. 밥 좀 떠먹여 주세요.
스태프2	고되게 일했으니 휴식은 안마 의자에서 할게요. 마사지 좀 부탁해요.
스태프1	오. 안마 투쟁. 전우들 모아 봐?
스태프2	미친놈이냐? 이번엔 로고 안 들키게 작업해.

남자, 이야기를 듣다가 화가 나서 스태프1과 스태프2에게 다가간다.

남자	애미 애비도 없는 새끼들. 벌레만도 못한 새끼들.
스태프1	네? 제가 뭘요? 안타까워서 사진 한 장 찍은

것뿐인데.

스태프2 맞아. 사진 찍어서 이 안타까운 일을 잊지 말자고 알리고자.

남자 나는 아무리 등신같이 살아도 죽은 사람 모욕은 안 했어. 이분이 네 어머니뻘은 되겠다. 부끄럽지도 않냐?

스태프1 누군가 했더니 그 새끼네.

스태프2 기억났다. 감자탕 볶음밥 고시원 거지새끼.

스태프1 살려 주세요. 상반 하반. 어떤 맛으로 요리해 줄 거야? 따가운 건 싫어.

남자 어떤 새끼들이 개미만 한 입으로 조잘거리고 있을지 궁금했거든. 역시 내 기대는 틀리지 않았어. 혹시라도 아이는 낳지 마. 어른이 되어서 니들이 무슨 짓을 했는지 알게 되면 역겨워서 자기 눈을 찔러 버릴지도 몰라.

스태프1과 스태프2, 남자를 폭행한다.

스태프2 분리수거도 안 될 쓰레기. 네가 태어나는 바람에 뜨거운 물에 팅팅 불어 버린 미역이 불쌍해서 눈물이 난다. 기뻐서 그걸 우걱우걱 씹어 먹은 네 어미도 불쌍하다. 평생 미끄러진 너에게 나의 눈물을 내린다. 참회해라. 네 탄생을.

스태프2, 남자의 얼굴에 커피를 붓는다.

스태프1 신고할 거야? 아니면 형님들한테 살려 달라
         고 또 하소연할래?

스태프2 형님들이 너한테 베푼 돈이 있는데 은혜를
         갚아야지.

스태프2, 오만 원 열 장을 꺼내며 흔든다. 스태프1, 동영
상 촬영한다.

스태프2 돈 줄 테니까 영차 한번 해 봐. 너 돈 좋아하
         잖아.

스태프1 노란 물결 앞의 영차 역대급인데? 오늘 베스
         트 찍겠는데.

김PD, 핸드폰으로 방송하며 쑥 들어온다.

김PD   안녕하세요. 형님들. 처음으로 인사드립니
         다. 저 큰손 영웅본색입니다. 오늘은 방송국
         에 벌레가 들어와서 그 벌레를 박제하는 프
         로젝트 시작합니다. 세스코처럼 사후 관리
         도 문제없어요. 저도 여기 다니거든요.

스태프2 뭐야 아저씨?

스태프1   (얼굴 가리며) 저 이제 그거 안 해요. 쟤만 하
            는데 장단 맞춰 줄려고.

스태프2   아 그만 찍으라고. 무단 침입에 초상권 침해
            로 신고한다.

스태프1   근데 아저씨 진짜 누구예요?

김PD, 핸드폰을 내리고 입에 성냥개비를 문다.

김PD   나? 영웅본색. 아니, 예능국 김PD. 너희 선배.

김PD 사원증을 보여 준다.
스태프1, 스태프2, 혼비백산 놀라며 줄행랑친다.

김PD   퇴치 완료. 이거 재밌는데?

남자   어이 신입. 선배한테 인사해야지.

김PD와 남자, 서로를 바라보며 씩 웃는다.

8장 꽃으로도 때리지 마라

드라마 세트장.
대배우와 감독, 대역 배우 이야기 나누고 있다.

대배우   감독님 제가 이렇게 생겼어요?

감독   키만 제외하면 머리부터 발끝까지 천지 차이지.

대배우   그리고 뭔데 내 대사를 쳐? 난 그렇게 안 할 건데.

감독   경험이 없으니까. 그런 시절 있었잖아. 쫄리는 시절.

대배우   왜 이래? 난 처음부터 빛이 났어. 너무 반짝거려서 다들 눈을 못 떴다고. 저 봐 반쯤 죽은 동태 눈깔. 혹시 배우가 꿈이니? 그냥 하루 알바하러 온 거지? 제발 그랬으면 좋겠다. 배우는 눈이 반짝여야지. 무엇이든 시켜주세요. 제게 똥을 주어도 소화할 수 있어요.

네 눈을 보니까 수산물 경매장에서 떨이해도 안 가져가겠다.

대역 배우 제가 뭘 잘못했어요?

대배우 요즘 애들은 왜 이렇게 싸가지가 없어? 하늘 같은 선배 연기를 코앞에서 볼 수 있으면 영광입니다. 많이 배우겠습니다. 해야지. 배우는 배우라고 배우인 거 몰라?

감독 우리 배우님 심기가 불편하시니 바꿔 드려야죠. (대역 배우에게) 저기 미안해요. 오늘 일당은 챙겨 줄 테니까. 들어가요.

대역 배우, 퇴장한다.

대배우 감독님은 이해하죠? 내가 요즘 캐릭터에 들어가 있어서 그래. 좀 예민해. 억지로 못된 년을 표현하려니까 속이 뒤틀려. 사람들은 내 고통을 알까? 난 아름다움을 사랑해.

감독 아름다운 꽃에는 가시가 있으니까. 찔리는 건 감수해야지.

대배우 고슴도치 같은 거야. 대중의 시선은 창과 같아. 나를 보호해야지. 물론 나도 찌른 건 미안해. 그 가시 껍데기 안에서 난 말랑거리며 울어. 누가 날 위로해 주지?

감독 입금 문자?

대배우　　　빙고!

19, 아줌마 등장한다.

둘 다 스팽글 토끼 가면을 쓰고 있다.

아줌마　　　죄송해요 감독님. 제가 좀 늦었죠. 얼른 인사
　　　　　　　드려.

감독　　　　응? 누구?

19　　　　　S#7. 복면을 쓴 괴한, 장미를 꺾는다.

아줌마　　　에이 뿌리까지 썩어 있었네. 잘라 내야지.

아줌마, 주방 가위로 대배우의 머리를 잘라 낸다.

대배우　　　뭐 하는 짓이야? 내가 누군 줄 알고 이러는
　　　　　　　거야?

감독　　　　조연출 어디 갔어. 경찰 불러!

19　　　　　예쁜 꽃에서는 향기가 나는 줄 알았어.

아줌마　　　조화였네. 가짜인데 진짜인 척하는. 영원히
　　　　　　　시들지 않아서 살아 있는 것들이 피어날 기
　　　　　　　회를 주질 않잖아.

대배우　　　너희 오늘 뉴스에 나올 거야. 내일 밥은 구치
　　　　　　　소에서 먹게 될 거야.

19　　　　　바라던 바야. 구경꾼이 더 많이 모였으면 좋
　　　　　　　겠다. 소문난 잔치로 만들어 줘.

아줌마   밥 혼자 먹기 외로웠는데 잘됐네. 철장은 그
         래도 뚫려 있잖아.

감독   (전화를 건다) 여기 웬 미친년들이 토끼 가면
         을 쓰고-.

19   다음 씬이 뭐였지?

아줌마   S#8. 괴한, 장미가 시들까 봐 물을 준다.

19   드라이플라워는 취향이 아니다. 먼지가 많이
         난다.

아줌마   부서질까 봐 겁나는 게 아니라?

19   말려지는 건 싫어. 고통을 기념하는 것 같잖아.

아줌마, 대배우에게 호스로 물을 뿌린다.

9장 텅 빈 오늘 밤

거대 어항 세트장.

배 위에 표류하는 남자와 김PD.

남자   이게 꿈이었다고?

김PD   어차피 인생은 예측 불가야. 떠다니다 보면
         방향을 알게 되겠지.

남자   이걸 누가 무슨 재미로 봐? 여자 게스트라도
         있어야지.

김PD   남의 불행은 재미있거든. 안타까울 정도만
         괴롭혀 줄게.

남자   그래서 아저씨가 재미있어. 바스러진 가을
         낙엽 같아.

김PD   넌 서울로 배송 온 고등어 같아. 밖이 어떤지
         모르고 튕겨 나가려는.

남자   그래서 어떻게 하면 돼?

김PD   여기서 살아남아. 진짜 삶에서도 살아남게

해 줄게. 거세게 폭풍우가 지나가면 해가 뜰
지도 몰라.

남자   파도도 태풍도 내 생명 줄도 아저씨 손가락
에 달렸네. 그 새끼들이랑 다를 게 뭐야?

김PD   도마에 올리진 않았잖아. 잡아먹히더라도
끝까지 퍼덕여 봐야지. 누군가 애완용으로
키우고 싶다고 거금을 내놓을지도 모르잖
아. "너의 살아남고자 하는 발버둥에 감명 받
았어" 하면서. 내 인생 마지막 낚시야. 또 알
아? 청새치가 미끼를 물지.

남자   노인과 어항. 무에서 유를 창조하겠다?

김PD   아무것도 없이 돌아갈 순 없어. 쪽팔리게. 너
무 멀리 떠내려 왔거든.

남자   쪽이 좀 팔리면 어때? 뭐라도 팔면 다행이지.

김PD   가장에게는 지키고 싶은 마지막 자존심이
있어. 아빠 사냥에 성공했다. 오늘은 치킨을
사냥했다.

남자   치킨은 같이 먹어야 맛있지.

김PD   물 말아 먹어도 같이 먹으면 맛있지.

남자   그 나이가 되어서도 물만밥이라니. 무미건조
하다. 밥 친구라도 뿌려 줘?

김PD   나는 살아 숨 쉬는 현금 인출기야. 평소에는
어디에 있는지 관심도 없다가 급해지면 귀신
같이 찾아내. 하도 생각을 안 해서 비밀번호

까지 까먹었어. 한 번만 더 실패하면 귀찮은 일이 생길 테니 울상이야. 나 때문이 아니라 돈 때문에.

남자 비밀번호를 바꿔. 아저씨 생일이라든지. 날 기억할 수 있는 것으로.

김PD 지우고 싶어도 떠오르는 게 있어. 외국인이 전화를 받더라? 난 영어는 못하는데 샤워와 유어 허즈번드는 알아들었어.

남자 내 이마엔 뿔이 달렸어. 사람이 못 될 것 같으니까 유니콘으로 키우고 싶으셨나 봐. 문이 닫힌 순간을 기억해. 엄마의 울음소리도. 내 책상은 망치가 되어 내 이마에 못을 박았어. 이게 잘 안 빠져.

김PD 튕겨 나갈까 봐 못을 박았나?

남자 처음이니까 망치질이 서툴렀지 뭐. 그래서 오늘은….

남자, 김PD 품속에 숨겨 둔 리모컨을 낚아채 손에 쥔다.

남자 내가 망치를 쥐었어. 내려칠지 다시 넣어 둘지 생각해 보려고.

김PD 아무거나 누르지 마. 갑자기 로그아웃하고 싶지 않으면.

남자, 리모컨 버튼을 누르자 어두운 하늘에 별이 반짝인다.

남자 굉장한데. 어렸을 때 시골 내려가서 자주 보던 하늘이야. 할아버지가 자전거 뒷자리에 태워서 가다가 내가 떨어졌는지도 모르고 계속 앞으로 가셨어. 깜짝 놀라서 울다가 하늘을 바라봤어. 쏟아지는 별들. 아름다워서 멍하니 바라만 봤어. 무엇을 말하고 싶어서 저리 자신을 태우고 있을까? 저 많은 별에 있는 이들은 나를 찾을 수 있을까? 빛이 없는데 어찌 찾겠어. 불이라도 지르면 잠깐이라도 반짝일 수 있을 텐데. 너는 나의 빛이야. 엄마가 자주 이야기했는데. 지금은 재가 되어 아무도 없는 곳을 떠다니고 있네. 나는 가라앉지도 않을 거야. 나의 존재는 깃털보다 가볍거든. 그래서 죽고 싶어도 죽지 못해. 물에 떠서 하늘을 바라볼 거야. 이 물살이 어딘가로 나를 인도하겠지.

김PD 오. 꽤 낭만적인데.

남자와 김PD, 쏟아지는 별을 보며 둥둥 떠다닌다.

10장 어 라이브

보도국 안. 앵커는 생방송 진행 중이다.

앵커　　　오늘의 뜨거운 감자. 단독으로 인터뷰 가져
　　　　　　왔습니다. 희대의 성폭행범. 영원히 사회의
　　　　　　악으로 분리되어야 하는가? 많은 의견들이
　　　　　　부딪히고 있습니다.

보도국PD　선배님 속보입니다.

스태프1　그 사람 어젯밤부터 행방불명이래요.

스태프2　감쪽같이 사라졌어요. 그렇게 많은 사람들
　　　　　　이 기다리고 있었는데.

앵커　　　여러분 새로운 소식이 들어왔는데요. 사실
　　　　　　확인 후 전달해 드리겠습니다. 정확하고 올
　　　　　　곧은 진실만 전하는 뉴스대나무. 광고 후에
　　　　　　다시 진행됩니다. 채널 고정.

광고 나간다.

앵커	그게 무슨 소리야? 어제 멀쩡히 인터뷰 따왔는데.
보도국PD	아내가 실종 신고를 했어요. 어제부터 안 들어온다고.
스태프1	어디서 맞아 죽은 게 아닐까 울고불고 난리를 피웠대요.
앵커	맞아 죽어도 싸지.
스태프2	뜨거운 감자는 어떻게 하죠?
앵커	잘 엮어 보자. 복수극으로 포장해 봐. 이 시대의 포청천.
보도국PD	참교육 레전드 그는 누구인가.

막내, 캐리어를 끌고 온다.

막내	여기 있는 것 같은데요.
앵커	응?
스태프1	쟤는 정말 무슨 생각을 하는지 모르겠어.
스태프2	저렇게라도 눈길을 끌고 싶을까? 옜다 관심.
보도국PD	여기 뭐가 들었는데?
막내	괴물이요.
스태프1	요즘 애니메이션에 빠져 있구나. 현실 감각이 떨어져.
스태프2	가끔 네가 괴물처럼 보여. 심장을 바쳐라.

앵커	한번 열어 봐.
보도국PD	에이. 쟤 말을 믿어요? 여기 뭐가 있긴 한 거야? 어? 묵직하네?
캐리어	으으 (신음 소리 들린다).

모두 소스라치게 놀란다.

스태프1	아이 깜짝이야. 사람이야?
스태프2	위험한데요. 저희보고 책임지라고 하면 어떻게 해요?
보도국PD	저, 애들도 어리고요. 가족들 다 저만 바라보고 있어요.
앵커	대박의 냄새가 나. 피는 깔끔히 씻어 내면 티도 안 날 거야.
스태프1	위험한 건 막내가.
스태프2	선배님 손 더러워지는 거 보면 마음이 편하겠어?

앵커, 보도국PD, 스태프1, 스태프2 다 같이 막내를 바라본다.

앵커	그래. 네가 열어 봐.
보도국PD	열어 봐.
스태프1	뭐 해, 안 열고.

스태프2   처음이자 마지막 기회야. 열어.

막내. 캐리어를 연다.

전체 숨을 참고 바라본다.

캐리어 안에서 온몸이 묶인 범죄자 나온다.

앵커   대박.

보도국PD   대어를 물어 왔네.

스태프1   네가 해낼 줄 알았어. 널 올바른 길로 인도하
고자 잔소리한 거야.

스태프2   통발에 청새치가 들어 있었네.

막내, 범죄자의 입에 붙어 있는 테이프를 떼어 준다.

범죄자   살려 주세요.

앵커   살려는 드릴게. 대신 우리에게 협조해. 큰판
이 펼쳐질 거야.

보도국 앞.

19, 아줌마 긴장해서 크게 숨을 내쉬고 있다.

19   기회는 한 번뿐이야.

아줌마   요즘 배드민턴 연습 못 했는데.

19   성공하면 내가 실컷 상대해 줄게.

아줌마	정면 돌파야. 게임은 한 번뿐.
19	난 이미 죽었어. 곧 숨도 끊어지겠지.
아줌마	그럼 다시 네 손을 잡아 끌어올릴게. 삼세판은 가야지.
19	두 번. 그러면 이번이 마지막 목숨이다.
아줌마	동전 바꾸러 갈 동안 기다려. 더 강한 캐릭터로 골라 줄게.
19	머신건 들고 있는 애로 골라줘. 한 번에 여럿이 날아가도록.
아줌마	나는 낙하산 가진 애가 좋더라.
19	팡 하고 다 터지고 있는데.
아줌마	유유히 추락하고 있어. 자기가 어디로 떨어질 줄 아는 듯이.

어항 안.
남자와 김PD, 부유하고 있다.

남자	왜 깨뜨릴 생각은 하지 않았어?
김PD	어렵게 얻은 보금자리거든. 내 평생이 담겨 있는.
남자	불행하다. 평생을 바쳐 구경거리를 자청하다니.
김PD	겨울이 되면 집 나간 연어들이 강을 거슬러 오겠지.

남자	그 연어가 알래스카의 청새치와 살림을 차렸
	대. 아저씨도 정신을 차려야 해.
김PD	돌아가고 싶다 처음으로.
남자	돌아가고 싶지 않다. 오늘 뒤지더라도 튀어
	올라 볼래.

보도국 안.

생방송 다시 시작된다.

앵커	전 국민을 불안에 떨게 했던 희대의 성폭행
	범. 그러나 지금은 괴한에게 납치를 당했다
	가 구해져 사시나무처럼 떨고 있는 한 마리
	의 토끼. 이 자리에 모셨습니다. 인사하시죠.
범죄자	살려 주세요. 벌을 받고 매일 밤 뉘우쳤건만,
	살아 나온 이 세상이 불지옥입니다. 실컷 욕
	을 하셔도 괜찮습니다. 조금이라도 기분이
	풀리신다면 저를 이용하세요. 살고 싶어요.
	죄는 미워해도 사람은 살려야 하잖아요. 저
	는 어제 괴한의 공격을 받았습니다. 죽다 살
	아났어요. 어디로 끌려가는지 인지하지 못
	한 채 여기까지 왔어요.. 이제 이 나라의 구성
	원으로서 공식적인 보호를 요구하고자 합
	니다.
앵커	괴한의 습격을 받게 된 상황을 자세히 설명

해 주실 수 있나요?

범죄자   집에서 기도를 하고 있었는데. 울음소리가 들렸어요. 순간 네 이웃을 사랑하라는 말씀이 생각났어요. 저리 괴로워하는데 내가 손을 내밀어야지. 평생을 남을 도우며 살기로 결심했거든요. 저기요. 괜찮아요? 문 좀 열어보세요.

19. 보도국 안으로 들어온다.

19   넌 그 문을 두드리지 말았어야 해. 조용히 겨울잠을 자고 일어나면 봄이 오려나 했는데. 곳곳에 사냥개들이 어슬렁거려. 반쯤 풀린 눈으로. 침을 질질 흘리면서. 위험하다고 알리러 왔더니 그 사냥개의 줄을 잡고 있었던 건 너희들이야. 사냥개가 하얀 새를 피투성이가 되도록 씹고 뜯고 맛보고 즐기는 걸 중계해. 얼마나 깔끔을 떠는지, 피는 묻히지 않도록 장갑을 끼고.

범죄자   맛이라도 봤으면 억울하지라도 않지. 좋은 건 나누어야지. 예를 들어 이웃 간의 사랑? 출소 떡을 돌리려고 했는데. 칼로 인사를 하네. 여러분 저는 보호받아야 합니다. 사회의 일원을 보호해 주세요.

앵커　　　서로 피해를 받았다고 주장을 하고 있네요.
　　　　　　어떠한 원한으로 이분을 납치할 생각을 했
　　　　　　습니까? 그저 시대의 영웅 심리를 자극하고
　　　　　　싶었던 건가요? 그 토끼 가면은 무엇을 의미
　　　　　　하나요?

아줌마, 보도국 안으로 들어온다.

아줌마　　그림자라서 보이지 않을까 봐. 제일 빛나는
　　　　　　색으로 준비했지. 구멍이 있다고 오물을 아
　　　　　　무 곳에나 배출하면 쓰나? (19에게 호스를
　　　　　　건넨다.) 동전은 잔뜩 준비했어. 머신건을 들
　　　　　　어. 흔적도 없이 치우는 건 자신 있어.

스태프1　난리 났네. 난리 났어.
스태프2　야 좀 찍어 봐. 천만 뷰 무조건 뜬다.

천장에서 물이 쏟아진다.
남자와 김PD, 보도국에 물줄기를 타고 등장한다.

남자　　　굉장한 설계인데? 이 정도면 돈을 받을 수 있
　　　　　　겠어.
김PD　　내가 아무거나 누르지 말라고 했잖아.
남자　　　이제 흐름에 맡겨 봐. 죽기 아니면 까무러치

기지.

물을 잔뜩 맞은 앵커와 범죄자. l9와 아줌마.
남자와 김PD를 멍하니 바라본다.

앵커　　　자문 위원분들이신가요? 저희 방송국의 참
　　　　　　신한 시도에 매번 깜짝 놀랍니다.

김PD　　　그랬던 적이 있었나? 일개미들의 뇌에 빨대
　　　　　　를 꽂고 있지. 단물이 빠지면 밟아 버리지. 또
　　　　　　새로운 맛이 나왔나 기웃거리지.

남자　　　그래서 이 쓰레기가 여기에 앉아 있는 건가?
　　　　　　내가 비위가 아무리 좋아도 이건 못 먹겠는
　　　　　　데. 아저씨 방송 켜. 청새치가 여기에 있었어.

앵커　　　잠깐 숨 돌리시구요. 너무 급하게 나타나셔
　　　　　　서 흥분하신 것 같습니다.

남자　　　흥분 안 하게 생겼어? 그게 네 딸이면 이해를
　　　　　　하겠냐?

범죄자　　저는 평화를 원합니다.

아줌마, 배드민턴채로 범죄자의 머리를 강하게 내려친다.
범죄자, 기절한다.

아줌마　　이게 사랑과 평화야. 내 스매시를 너에게 바
　　　　　　친다.

앵커	제정신이야? 지금 얼마나 많은 사람들이 보고 있는 줄 알아?
19	바라던 바야. 더 초대해 줘. 잔치를 크게 열 테니.
남자	한 방에 공중파 입성. 여러분 꾸러기 크로스! 기억하세요?
아줌마	가면 삐뚤어지지는 않았어? 나 잘 나오고 있어?
김PD	광고 중이야. 요즘 안마 의자 잘 나오네.
19	엿 같은 안마 의자. 네 뭉친 덩어리만 풀면 그만이지. 왜 내 문까지 흔들어?

앵커, 핸드폰으로 생중계되고 있는 특별 방송을 튼다.

아나운서	토끼 가면을 쓴 괴한들에게 보도국이 점령되었습니다. 어떤 원한 때문에 이런 일을 벌이게 되었는지는 확인되지 않았습니다. 현재 완전 무장한 특전사 삼 개 중대가 보도국으로 접근 중입니다. 폭발물 설치의 가능성이 있어, 현재 전 직원을 안전한 광장으로 이동시키는 중입니다. 이들의 신원이 확인되는 대로 빠르게 보도해 드리겠습니다.
남자	폭죽이라도 준비했어야 하나. 공중파 복귀를 기념하며. 엄마 나 마지막으로 한번 빛날

게. 짧을지도 모르니 눈을 떼지 마.

김PD, 핸드폰을 들고 방송을 시작한다.

김PD　안녕하세요. 형님들. 시대를 잘 못 타고난 탓
　　　아. 영웅본색이 돌아왔습니다. 바깥이 쌀쌀
　　　해서인지 벌레들이 모여서 대책 회의 중이었
　　　어요. 어? (스태프1, 스태프2에게 반갑게 손
　　　을 흔들며) 너희도 여기에 있었구나? 여왕벌
　　　이 그럼 너?

앵커　박수칠 때 떠날 것이지. 왜 여기 와서 발버둥
　　　이야?

김PD　약한 것들을 대나무로 찔러서 구워삶고 있
　　　잖아. 악취가 예능국까지 올라오더라고.

남자　해로운 벌레도 훌륭한 솜씨로 요리한다면
　　　우리의 단백질이 될 수 있겠죠? 오늘은 어떤
　　　요리를 준비하셨나요?

아줌마　오늘 흰옷을 입었는데. 미꾸라지가 흙을 계
　　　속 튀기네. 갈아 먹어야 하나?

19　매달아 말리는 게 좋겠어. 자신의 비릿한 냄
　　　새에 질식되도록.

김PD　삼계탕은 어때? 인삼이나 대추처럼 좋은 친
　　　구들이랑 있으면 훌륭해 질지도 몰라.

19　일단 도마에 올려. 난 어떤 맛도 아니야. 너희

가 알려준 비법대로 요리해 줄게.

앵커 내일부터 너희는 평생 콩밥을 먹게 될 거야.

남자 디저트를 자청하는 건가? 일단 얼려 놓을까요?

19, 악에 받쳐 기절한 범죄자의 옷을 벗긴다.
아줌마, 호스로 범죄자에게 물을 뿌린다.

아줌마 깨끗해져라. 이물질이 씹히는 건 질색이야.

김PD 아빠가 치킨을 사냥했다. 식기 전에는 들어와.

남자 열 시간은 강 불에 구워야겠는데?

19 매일 불지옥에 살고 있는 그녀들에게 바친다.

갑자기 보도국 전원이 완전히 꺼진다.
밖에서 소란스럽게 사람들 다가오는 소리 들린다.

남자 아직 제대로 된 멘트는 시작도 못했는데. 내
화려한 복귀 무대는?

김PD 리모컨을 꺼내. 변기 그림 버튼을 눌러.

남자 변기 그림 버튼? 우리가 똥이야?

김PD 눈을 감고 흐름에 맡겨. 이 물살이 어딘가로
나를 인도하겠지.

아줌마 흔적도 없이 치우는 건 자신 있어. 흔적도 없
이 사라지는 건 싫어.

남자 흔적을 남겼어야 하는데. 아까 화장실 휴지

에라도.

19   피투성이가 되어도 손톱의 때만 떼고 있잖

아. 깨끗한 척.

김PD   고귀한 척. 봐, 아무 것도 안 묻었지?

아줌마 고귀하게 꽃을 피우고 싶었는데. 내가 파리

였다니.

남자, 변기 그림 버튼을 누른다.

남자, 19, 아줌마, 김PD 물에 휩쓸려 내려간다.

변기 물 내려가는 소리.

암전.

3막 어디에나 있지만, 어디에도 없는

1장 또 하나의 가족

어딘지 알 수 없는 곳,
밑 혹은 긴 터널.

범죄자   자유 민주주의 국가 대한민국에서 이런 끔찍한 일이 일어나다니 경악을 금치 못하겠습니다. 위험해 보여서 제가 보호해 주려고 했는데 칼로 찌르다니요? 이래서 남자들이 어디 편하게 밖을 돌아다닐 수 있겠습니까? 마음 편히 누군가를 사랑할 수 있겠습니까?

뚝.

19, 텔레비전을 끈다.

19   아, 배고팠는데 갑자기 입맛 뚝 떨어지네. 아저씨 또 참치 통조림이야?

김PD   이 맛을 잊어버리면 안 돼. 청새치를 눈앞에서 놓쳤거든.

아줌마	사랑을 못 받아서 그래요. 이렇게 깐깐한 남자랑 누가 살겠어?
남자	취향 좀 봐라. 다 달라. 난 아저씨 때문에 고등어를 못 먹어. 내 동족을 뜯어 먹는 것 같아서.
김PD	그래서 나도 연어를 못 먹어. 내 핏줄일까 봐.
아줌마	김치 간이 괜찮은가? 아− 해 봐. 짠가 어떤가.
19	음 맛있네. 근데 나는 갓김치파.
김PD	저기 있잖아. 내가 새로 생각하고 있는 프로가 있는데. 지금은 낭만이 사라진 세상이야.
19	아저씨 아직도 정신 못 차렸나 봐. 오빠 수조에 물 좀 받아 봐.
아줌마	삼시 열 끼도 챙겨 줄 수 있으니까 해외 한 번만 가 보자, 응? 라이브 연주를 들으면서 밥을 먹을 수 있다며?
남자	순위 또 떨어졌네? 딱 터트릴 수 있었는데. 왜 이렇게 빨리 잊어?
19	이대로도 괜찮아. 영원할 순 없겠지만.
아줌마	저녁은 삼계탕 해 줄게. 이번엔 빼지 말고 다 같이 먹어.
19	좋은 친구들과 함께 넣어 줄 거야? 외롭지 않도록?
김PD	나는 자연인이다가 왜 성공한 줄 알아? 본연으로 돌아가자는−.

남자	본연으로 돌아간 것 같아. 이게 원래대로인 것 같아.
아줌마	금방 부스러질지도 몰라. 그러니 너무 세게 쥐지 마.
남자	밑-.
김PD	진짜, 밑.
19	끝, 나락 밑 바닥.
아줌마	정신들 차려.
남자	정신 차릴수록.
김PD	밑이야.
19	끝-.

갑자기 승용차 헤드라이트.

남자	타자.

갑자기 시동이 걸린다.
김PD 핸들을 잡는다.

아줌마	올라가.
19	어쩌면, 터널.
남자	끝이 보이는-

그들, 속도를 낸다.

달린다.

끝이 보일 무렵, 김PD 두렵다. 브레이크를 밟는다.

네 사람 서로를 바라본다.

맞은편 세상의 소음.

김PD 액셀을 밟는다.

무대 가득 풍선.

막.

밑

2025년 12월 29일 1판 1쇄 펴냄

지은이   문승배
펴낸이   김성규
편집   조혜주 최주연 권은하 한도연
디자인   신혜연
펴낸곳   걷는사람
주소   경기도 용인시 기흥구 동백중앙로 358-6, 7층 (본사)
          서울 마포구 월드컵로16길 51 서교자이빌 304호 (지사)
전화   031 281 2602 / 02 323 2602
팩스   02 323 2603
등록   2016년 11월 18일 제25100-2016-000083호
ISBN   979-11-7501-052-9 [04810]
          979-11-89128-00-5 (세트)

* 이 책은 경기도, 경기문화재단〈2025 경기예술 생애첫지원(문학)〉A트랙
  (재단출간지원)으로 발간되었습니다.
* 이 책 내용의 전부 또는 일부를 재사용하려면 반드시 지은이와 출판사의
  동의를 얻어야 합니다.
* 잘못된 책은 교환해 드립니다.